空の水没

渡辺みえこ

思潮社

空の水没

渡辺みえこ

思潮社

目次

Ⅰ　冬薔薇

装幀＝著者

空の水没

Ⅰ

冬薔薇《ふゆそうび》

母の井戸

母は父が掘った井戸に　身を投げて死んだ
私たち家族はその後
ずっとその水を飲んで暮らした
姉と私は母の井戸の水で育った

氷の張った朝　井戸の底に釣瓶を降ろすと
しばらくして母の乳房に触れたような音が
遠くで響いた

柔らかい鏡が井戸の底で
ゆっくり割れていったような

夏の暑い午後などには
そのひやりとした井戸水を飲むと
母の乳の味はこんなだったのだろうか　と思った
井戸のそばで暮らしていると安心した
とても深いところに繋がっている
そんな感じがしたからだろうか

やがて家には水道がひかれた
井戸は枯れてしまい
もう水は汲めなくなった
その後　姉は食中毒で死に

父は行方知れずになってしまった

井戸にまた水がしみ出てくると信じて
私は毎朝　井戸を覗き込むのが日課になった
月の明るい夜などには
母が井戸をまたいで飛び込むのが
見えるときがあった
そんな夜には
きっとあの井戸の底に水が満ちてくると
信じることができた

谷底の家

私は生涯のうちに何度も引っ越しをした
そのたびにそこに忘れ物をしてきて
探しに行くのだった
いちばん取り返しのつかない
重大な忘れ物をした家があるその町は
瀟洒な家が並ぶ道を
四度曲がって細い道を行くと
急に崖になる

立ち止まって遠くを見ると
東京の風景が地平線に広がっている
西の方にはメリーゴーラウンドもゆっくり回っている

崖を支えているような松の下を過ぎると
崖に引っかかった鳥かごのような家がある
そこは私が生まれ育った家だが
取り壊すことになっていて
何年もそのままになっている
そこに入ると私は忘れていたことを思い出すのだった
思い出すために時々この家に戻るのだ
と言ってもよかった
そこには私が死なせてしまったたくさんのひとたちがいた
その家に行きさえすれば私が外でできないことが

何でもできた

そこで私がしたことはたったひとつ
ただ泣くことだった
深く深く心の底から泣き続けた
そのひとたちがどれほどの優しさを持っているか
その家に行くたびにまた知って
私はますます泣いた
そのひとたちは私の悲しみを理解してくれた
私がそのひとたちを死なせるしかできなかったことも

そんなに懐かしいひとたちのいる家を後にして
私はまた急坂を昇って還らなくてはならなかった

森の吊り橋

あの吊り橋を渡ると死ぬ
と言われている
そんな吊り橋が村の外れにあった
気の触れた女が渡って死んでしまった
と言う人もいた
子供たちも恐れていて
そこには誰も近づかなかった

夕暮れに私は
何度かその橋まで行ってみたことがある
橋は深い谷にかかっていて　霧が動き
かすかに揺れていた
橋の向こうには　黒い森が広がっていた
五歳の私に初めて　懐かしい
という感情がわき起こってきた
私はそのころから
いつか　あの橋を独りで渡ろう
と決めていた

母が死に　父が死に　最後の肉親の弟も死んだ
私はその明け方
自分の体がとても軽くなったのを感じて

橋を渡ろう　と決めた
細い吊り橋を渡っている間
今まで感じたことのない温かく優しいものに包まれ
涙が溢れ続けた

それは　ある人たちには
あの世界でも感じることのできる経験
かもしれなかった
私には　この吊り橋を渡らなくては
知ることのできなかった深い喜びだった
引き返すこともできた
でもあの世界では
これほどの喜びは　もう二度とやってこないだろう
と分かっていた

黒い森が優しく私に近づいてきた
透き通った香りがひりひりとしみ込んできた
幾筋もの細い月光が刺さっていたのかもしれない
それはあの世界なら痛み　と言ったのかもしれない
あるいは眠り　と言ったのかもしれない
言葉が必要のない世界で
私は月の光のようなもの　木の香りのようなものになって
溶けていくのを感じていた

そんな夜明けには

長い一日が終わり
電灯を左手で消す時
背中のひきつれが痛む

忘れていた痛み
あれは焼き鏝
冷たく　熱く　あるいは無感覚に

その時　そのひとの瞳を見た
いちばん大切なひとの　瞳の中を
長い時間だった
あるいは時間は止まっていた
あるいは三歳の記憶はなく
それは　背中の痛みが作った幻かもしれない

その痛みが　はっきりと蘇ってきたのは
愛したひとを喪った時だったかもしれない
そんな痛みが消えない夜は
一晩じゅうそのひとのことを思う
夜が明けかけるころに
ふと　横にそのひとが居るのが感じられる
そういう朝には

朝陽が入らないように　注意深くカーテンを閉じ
そのひとに触れる
そうして　そのひとと固くかわした約束を思い出す

そのひとだけが死んでしまったこんな明け方
そのひとは特別やさしく
生き残った私のいのちを確かめる
それをはっきり思い出すために
私は生きてきたのだと

北の海辺で

暮れの休みになると
いつものように　私は汽車に乗り
いちばん北のはずれの夕陽の町に行った
その日　辿り着いた町は
あのひとが黒い森を越えてきた　海辺の町
私たちはそこに　まったく別の道から辿り着いた

離れの部屋は　几帳面に片付けられ

遠くからかすかな初春の花の香りが
したような気がした
あのひとは　ほとんど変わっていなかった
俯いたときの額の影は　十六歳のままだった
なにも飾りのない漆色の板張り床
そこに飴色のチェロがあった
あのひとはそれを大切に体に挟んで　弾き始めた

音色は地を這い　すべてのものを揺さぶり
押し殺した叫びのようなものも
鮮明に思い出された
互いに独り身で過ごしてきた長い季節の意味が
はっきりと理解された
音色は暗いさざ波のようでもあった

遠い　記憶の果ての
名前のない悲しい風のようでもあった

海岸には誰もいず
ただ幽かな灯台の青い光が　時々揺れている
この海岸には　もう誰も来ないのかもしれない
私たちの流した血のような記憶だけが
終わりなく漂って

痕跡《あと》

海の底を這いながら
真珠母貝が
貝自身を守るために作った
内側の秘かな朝焼けに
はいり込んできた異物を
胞衣《えな》のようなもので包み
暗い光の傷を抱き続ける

人が産道を覚えているなら
人の赤ん坊もきっと
あのような真珠母色に
傷を輝かせて
壊れないこころを
作ることができる
生涯をかけて

いつか私がその場所に行くのは
私もそこで生きた
そういう痕跡《あと》があるはずだから
そこでしか生きなかった
そういう痕跡《あと》が

あの角を曲がれば
あの月灯りが

名は

私は四歳のころ　深く暗い甕に落ちた
村はずれの肥溜めだった
それはあのころの子供たちの普通の経験だった
私が落ちたその肥溜めは底のない甕で
そこからはい出ることはできなかった
見知らぬ老婆が引き揚げてくれたときは
私はもう普通の子供ではなかった
その腐った糞尿は私の奥深くしみ込んで

その匂いを隠すために
生涯をかけなくてはならなかった

それから私はたくさんの名で呼ばれてきた
そのたびにその名にふさわしい笑顔で
応えなくてはならなかった
ある日私は　ひそかに自分だけの名をつけた
それは誰にも聞こえなかった

中学生になったころ
そんな私の名を
静かに聞いてくれるひとに出逢った
ゆるやかな水のような名が
体の奥深くから聞こえてくるのを感じた

まもなくそのひとは自死してしまった
なぜ私は生きているのだろう
私のたったひとりの理解者だったひとが
いなくなったあとも

それでも白い月が残る明け方
遠くから呼ばれている
そんな朝には
はっきりと
見えるものがある

優曇華《うどんげ》の花＊

皆が寝静まった夜半
母は北の廊下を
静かに渡った
離れの厠　そこで母は
泣いた
いつまでも　声を殺して　泣いた
そうして　長い一日を終えた

北の厠の小さな窓から
晩秋には柿が暁色の実を下げ
年の初めには
樅の木の枝が　雪で撓っていた

どくだみの花が終わる頃
厠の梁に優曇華の花が咲いた
悪いことが起こる　悪いことが起こる
祖母は北の厠には行かなくなった

優曇華の花は　すぐに天井一面に広がった
お迎えが来る
母は　晴れやかだった
夏が過ぎる頃

小さな羽根のある虫が窓から出ていった

母の中の大事なものが　あの夏とともに
飛び立っていったのなら
母は　あの夕陽を
黒い山に入る直前の　震える夕陽を
見ただろうか
あの小さな窓から

＊優曇華の花。インドの伝説で三千年に一度咲くと言われ、その時、如来が現れ人々に吉兆をもたらす、と言われる。日本では草蜻蛉の卵が優曇華と呼ばれ、吉兆とも凶事の予兆とも言われる。

陸宿借《おかやどかり》の鳴く夜には

貝の鳴き声を聞いたことがありますか
月明かりの静かな夜には
かつて海で暮らしていた
オカヤドカリが　鳴きます
小さく呻くように
夜じゅう鳴くのです

死んだ巻貝の殻に入って

入った殻に体を変形させて
体の中の小さな海を揺らせて
波音のする砂浜で
鳴きます

鳴きオカヤドカリには
声帯はないそうです
それでも鳴くのです

初秋の海辺
月明かりの下に
長くいたなら聞こえます
海の記憶のような
オカヤドカリの鳴き声が

＊陸宿借《おかやどかり》は、かつて海で暮らしていたが天敵から逃れるために陸上生活をするようになり、貝殻の中に少量の水を蓄え、柔らかい腹部が乾燥するのを防ぐ。水分補給のため水辺から離れられない。

冬薔薇《ふゆそうび》

細かい雪が降り続いていた
枯れたはずの薔薇の木に
深紅の薔薇が一輪だけ花を付けていた
硬い端正な蕾
切って　花瓶に挿した

朝　窓辺の薔薇は陽に向かい
息苦しいほどに身をそらせ

張りつめ
萼の緑が広がり脈打っている
まっすぐだった茎が
朝陽のほうに撓っている

きのうまで庭の風に揺れていた蕾
今朝は　根を切られ
首だけで生きる
花瓶の中の限りある時間を
いっぱいに生きる

――ひと目あのひとに会わせて下さい[*1]
斬首《ざんしゅ》直前の「妖婦」お伝の叫びは
市ヶ谷谷町に　響いたか

真っ赤な叫びが
午後の陽を　揺らせたか

光に向かって身を細かく震わせている薔薇
新しい花瓶に移してやった
薔薇が一夜を過ごしたガラス瓶の水
それを飲んでみた
青い茎の味
昨日まで繋がっていた
大地の記憶の味
あるいは

薔薇が吸い込んだ
月光の痕跡《あと》

＊一八七九年（明治十二年）、市ヶ谷谷町、市谷監獄刑場で斬首された高橋お伝。日本最後の女性斬首刑。

泣いている弟

私には一卵性双生児の弟がいる
彼は死産で生まれた
私の背中はいつも重かった
その重さに気付くとき
私の背中で
私と一緒に成長している
彼の横顔が見えた
彼はいつも泣いている
泣きながら何かを訴えている

すべての親しい人たちが寝静まった
こんな夜には
彼の泣き声は部屋中に満ちて
私も一緒に双子用の揺りかごで眠る

自分で自分の首を絞めていくと
いつも東の空に
しらじらとした光が見える
遠くからやってくるものがある

私の背中から生まれ直す弟
私を内にくるみこみながら
青い胎児の形になって

もうひとつの青空・鯉のぼり

青空を　五月を
吸い込んでも　吸い込んでも
空っぽが流れていき
その口からは　ただ向こう側の五月が見えるだけ
この世だけではない　別の世までも
同じ風が流れていくように

見上げたのは五月

ただ一瞬　吹きすぎるものを孕んで
自分の中の凪に溺れて

子を持たなかった女のお腹の中で
眠り続ける子供たち
空っぽになるほど
痛い　痛い　と

内側の皮膚は
擦り剝け　ただれても
生きられるところまで生きたなら
そのとき　ひとすじの流れるものを支え
終わりのない空を
泳ぎ続けることもできた

種なし果物の深い甘さと
最後の竹林の満開の夜明けに
醒めない眠りを眠ることも

剥製

暗い奥座敷に
いつもそれはいた
今飛び立とうとする姿のまま
広げた黒い羽根は
座敷いっぱいに広がっていた
かたわらの銃は小さく見えた

雪の朝だった

羽ばたきの音と銃声
鋭い眼と嘴
母鷹だったかもしれない
父の銃口のほうが勝《まさ》っていた

今も鷹の首には
弾丸が埋め込まれているのだろう
鷹は羽根を広げ
目を開き続け
力いっぱいの野生の姿を
奥座敷に広げている

父の誇りのその座敷には
ほとんど誰も入る事はなかった

そこではたぶん
鷹のあの瞬間が
今も生き続けている

雪の朝には
ゆるやかな羽ばたきが
聞こえたような気がする
黒い山に帰るための
静かな翼の音が

約束の川

黄ばんだ写真
若い父に抱かれた幼い娘
穏やかな午後の陽が当たっていた
父の頬にも
玉蜀黍畑にも

西陽を背に母の小さい背中
薪を裂く斧の音

秋の日を透明に震わせて

母のなかの暗い海原を
何億年も泳いで
鳥になって
魚になって
薄闇の向こう　かすかにみえた
遠い岸辺のあのあけがた

一瞬の地上のあと
舞い戻ってきたのは
盲目の母のなかの丸まった裸の私

それは約束で

遠い約束で
この世を超えて　前の世も超えて
約束は　とても遠い約束で

その男性《ひと》を呼ぶ若い母
母の声は川を渡って
何度も渡って
深い川を渡って
何度も橋を架け

幼い娘を抱いている仏壇のなかの父
娘が呼んだのは　あの日の午後の陽
若い母が呼んだのは　初めて出逢った約束
朝陽のなかの梨の実のような約束

遠ざかっていく父の背に
長い西陽の影が
くりかえし　くりかえし過ぎてゆき
過ぎてゆくたびに約束は遠ざかり

母は娘になって
娘はもっと遠い娘になって
若いままのその男性《ひと》を呼んで

II 象牙海岸

空の水没

晩冬の星空を見上げると
水没した村に幽かに立っている
一本の杉の木のように
寂しい空の中に埋もれる

水面を渡ってくる風は
遠くからやってくるひとたちの
なつかしい呼び声がする

海を　歩く
ゆっくり歩むと
喪ってきたものが
足を重く引っ張る

明け方にはかならず
氷のような雨が降る瞬間《とき》がある
それはいちばん静かな風が
何かを連れ去りに来る瞬間《とき》だ

満開の花々や木々が一斉に撓って
黒い水を知らせる午後

かつてあった季節のような
薄桃色の花弁が流れていく

月光

あのひとは夜明けに
その井戸に釣瓶を落として
瞳の奥深く
静かに月光を揺らせ
遠い水との出会いを
じっと待ちました

祈りが無慈悲な運命を呼び寄せても

井戸の底の銀色の月明かりが
優しくあのひとの頬を照らすとき
苦しみが喜びになると
誰が告げたのでしょうか

束の間の月光が
背中を刺す金色の光に
ひとすじの記憶を　喜びとして
深く分かち合ったひとのことは
すでに罰せられていて
どんな償いもあり得ない　と

それでも遠く釣瓶の水の音を
信じ続ける

その姿を
人は狂気と呼ぶのでしょう

それがどんな代償であっても
人が決してあのひとを許さないのは
当然のことだったのでしょう

最後の光のひとかけらが
あのひとたちのものだったのだとしたら

散骨

骨を拾う
ことはできなかった
焼かれ過ぎてしまった母の体は
細かい灰になって
舞いあがった

明るい月夜には
兎の身が焼かれる煙が見える

何も持たない兎は自分の身を焼いて
貧しい老人の食べ物となった
と話した母

煙さえ残さず跡形もなく消えた
母よ　あなたを返したい
やってきたところに
そんなあなたを抱いていったのは
陽が昇り　陽が沈む
南の岬

風に舞うあなたは
声さえ立てず
別れの言葉も告げず

あなたの望み通り
空の中に消えていった
海の上に白い月が昇っていた

黄昏に歌うひと

人が狂気と呼ぶ歌声
その声の聞こえる夕暮れは
私の体にも赤い海が満ちる
透き通った喉に揺れる小さな海の
波間を伝っていくと
道しるべのない海峡に出る
そこでは待たなければならない
海面に氷が張る季節を

氷原にひとすじの道を作るのは
歌うひと
あなただ

そのひとの瞳には
碧い海峡が揺れ
しなやかな透き通った足は
渡ってきた潮の香りがする

そのひとの震える喉は
夜明けの気配を知っている
禁止された海面を
這ってきたひとだけが知っている

その震えは
まだ見ぬ朝の光を運んでくる

薄暗い喉の奥からは
碧い海鳴りの音が聞こえるだろうか
遠い母たちの潮が響くだろうか

長い間待ったのだ
ひっそりと開ける扉の向こうに
許し合うものたちが渡る
暖かい海が見えるはずだ

相模大野　八時四三分　快速

八時四三分　新宿行き
相模大野　二両目車両
毎日乗り合わせるカップルがいる
私は密かに二人に名をつけた
相模まり子さんとハナコ

ハナコは尻尾を振りながら
大きな体で軽快に乗り込んでくる

鼻面で空席を見つけ
気配に導かれて白い杖の若い女性が静かに座る
ハナコは女性の足元に小さくなって寝そべる

今日は桔梗の模様
ハナコは毎日洗いたての花模様の服を着ている
まり子さんは足元のハナコに指先で触れ　時々頭を撫でる
ハナコはまり子さんの顔を見あげる
ハナコにはまり子さんの顔がはっきり見えているようだ
まり子さんはその指先でハナコがはっきり見えている

あの眼の穏やかな閉じ方　私のハナコによく似ている
子供の時のいちばんの友だちだったハナコ
彼女の小屋で泣きながら眠ったこともあった

父の会社の倒産　一家離散のとき
ハナコがいるとアパートが借りられなかった
大型犬のハナコはたくさん食べた
もらってくれる人はいなかった
ハナコを保健所に連れていった

「処分」される　そのドアが閉まる時
ハナコは私に振り向いた
いつも涙をためているような
暗い黒い瞳
ハナコはさようならとは言わなかった
ありがとう　とだけ言った
ような気がする

昨日と同じように代々木上原で
ハナコはまり子さんの先に立って
ドアを出ていった
まり子さんのほうに優しく振り向いて

花の咲き方

ダリアが蕾を持った
疾走する天馬のように固い萼を
後ろに伸ばして
そのなかに星を包んだビー玉のような
固い丸い蕾
どんな光が　この固い蕾を
内側から　開かせるのだろうか

待った
毎日眺め　話しかけ　触れ
大輪の花を想像しながら

ふと見ていない間に
花が開いてしまうのではないかと
私は鉢を傍に置いて見続けた
白い蕾が今にも広がろうとしていた

夜になっても花は開かなかった
四日目　蕾のまま枯れてしまった

なぜ？
水のやり方　肥料のやり方

間違ってはいなかった
もしかしたら蕾だけの品種かもしれない

そうではなくて
明け方　ひっそりと咲いて
終わったのかもしれない
夜の風にだけ揺れる野の花のように

あなたが死んだと聞いた
たったひとりで
あなた自身が選んだ方法で

いつか私も行く
たったひとりの静かな夜明けに

草原の青空

ライオンに追われる草原のシマウマ
子供を隠し　逃げられるだけ逃げて
草原に倒れる時
自らの約束のように横になり
ライオンに首をさし出しながら
最期の青空を見つめる

その瞳に映る青空は

すべての死のための通路のように透明で
シマウマの瞳の中に天空がはいっていく
青空はそのような瞳のために在る
そんなことが一瞬信じられるかのように
死んでいくものの瞳が
澄んでいくときがある
シマウマは少しずつ無くなり
青空は天に返される

天空が青く透明なのは
死んでいくいきものの瞳の
静かな諦めのようなもの
そんなものを吸い込んで
あんなに透明なのだ

と母は言ったような気がする
若く死んでいった母が
言ったような気がする

象牙海岸*1

夜明け前の象牙海岸を行くとき
密猟者なら聞こえる音がある

一匹の象がその生涯を終えるために
どんな道を辿るか
その繊細な足裏で
サバンナの仲間の遠い足音を聞きながら
あとかたもなく消えることのできる場所

陽が昇る前にその場所に辿り着くために
風を超える静かな音を

その場所とは
誰にも発見されることなく
自分の門歯[*2]がただ風化されるところ
どんな高価な撥にもされず
まして子象の呼び声のような音を出す
精巧な撥などにはされず
銀色に光る短剣の柄にも決してされない
その象の死んだ体を野の鳥が啄み
風が骨を晒し
少しずつ消えていく
そんな場所

密猟者なら知ることができる
そこは誰も探し当てることのできない
一匹の象と風だけの地

明け方に独りで象牙海岸を歩いたら
時にはその風が
聞こえることがある

＊1　西アフリカの国・コートジボワール。この一帯から列強によって象牙が搬出されたため。
＊2　象牙は長大に発達した象の門歯。

どうせ死ぬなら

――どうせ死ぬなら　川を渡って死にたかった
中国国境　川沿いの町で
子供を抱え　売春している脱北女性が呟いた
氷の豆満江を銃声を浴びながら渡って

どうせ死ぬなら渡りたかった川
渡ってしまった川は
こちら側から見る川は

向こう岸の灰色の風景
それでも生まれて育った　向こう岸

こちら側の世界には
もっと暗い灰色の風景が広がる
それから生きた四半世紀
棄ててきたいのちの
今日も光る川のこちら側で
背中で繋がる大地のことを思い
泣きながら
運命のような重いものを
胸の上に抱きつづける

火の色の顔の女

——湯加減はどう？
夕暮れから夜中まで
風呂釜の前には
火の色の女の顔があった

——湯加減はどう？
雨の多い季節には
女は蓑笠で火を見ていた

女の顔は濡れた火の塊だった
それが汗だったか　涙だったのか
ただその時間が
女の一番好きな時だったと
私は知っていた

真夜中
火の番人はいなくなる
そのころ
女が風呂に入る番だった

透き通った月の光の中で
小さな私は
女にしがみついて

鈍色の五右衛門風呂に入った
そのとき
私はその女から生まれたことを
深く感じていた

そんな夜中は何度あったか
それは
女が死ぬとき
透き通っていく記憶の中で
はっきりと
見えていたはずだ

その名の

夏の終わり
照りつける西陽を背に
母は　決まって
ちゃぶ台の前の私の背に被さって
私の腕に母の腕を巻き付けた

母と私の手に沿って
魔法のように筆が動き
皺だらけの新聞紙に

美しい黒い墨の線が描かれていった
母の心臓の音が
私の背中に伝わった
それは私に
文字というものの
激しい鼓動を伝える音だった

はつひので
にほん
さくら
ちち
はは

母は私の頭の上に被さり

私の名を書いて見せた
その手は細かく震えていた
それは慣れない
力仕事のためだったか

その名の文字は
書くたびに
私を震わせる
私の手は
私を名指すその文字に
いつまでも
慣れることができない

鳳仙花

思い出せますか
あなたが生まれた日のこと
あなたに浴びさせた湯や
父の不器用な腕
そんな午後を
細かく揺らす蟬の声

たらいの周りには

真っ赤な鳳仙花
そのパチパチと
夏の種がこぼれる音

覚えていますか
父が手をひいて
一緒に行った夏祭り
あなたの小さな手が
握り締めていたのは
鳳仙花の種だったね

昭和二十年三月十日
午前零時八分
黒こげ死体はみな同じではない

その時まであった
それぞれの朝
それぞれの一日

本所横川にも
何回目かの
八月十五日がやってきて
橋の下には
明るい潮の香りが漂い
運河の町を映しているでしょう

どんな明け方

静かに明るみ始めた浜辺で
砂の中の貝が
その中に溜めた暗い月光を
一気に吐き出している
かすかな音を
聞いたことのあるひとは

その夜明けの浜辺に
居合わせたことのあるひとは

青白い岬で
ふと軽くなる崖を押し戻し
そこから踵を返し
立ち戻ってくるのは
どんな海辺

瞳の中の暗い渦巻きが
光を吸いこみ
そのひとの眉間の
剃刀ほどの隙間に潜んだ
あの崖から
引き返してくるのは
どんな明け方

書くこと・生きること

私は十代を失語状態のように過ごしたが、それは自分の生の言葉が見つからなかったということでもあったと思う。

二十五歳のころ嵯峨信之氏、石原吉郎氏が講師の詩学研究会に出会った。

三十代には父の会社が倒産し、一家離散、母の死、債権者に追われる、などさまざまなことがあり、生活のための仕事に追われ、詩作から離れていたこともあった。

表現は、絵や論文や、小説などで書（描）いてきたが、詩は沈黙に一番近く、そして生きることにも近い。

書くことに逆襲され、返り血を浴びることもあったが、血や叫びや、生きることの中で消えてしまうものを、言葉ですくい取る、詩という形式は、何よりも、もう一つの生だった。

そしてまた多くの友人、書き手たちにも支えられてきた。

本詩集出版のためにご尽力くださった思潮社編集部の出本喬巳様に感謝いたします。

渡辺みえこ

渡辺みえこ

一九四三年東京深川生まれ。これまでの参加詩誌に「にゅくす」「言葉の会」「ぐるうぷ・ふみ」「舟」「青い花」。現在「歴程」「いのちの籠」同人。日本現代詩人会、日本詩人クラブ、日本美術家連盟会員。

既刊詩集

『耳』（詩学社、一九七二年）
『南風』（ライオネスプレス、一九八一年）
『喉』（思潮社、一九八五年）
『声のない部屋《クロゼット》』（思潮社、二〇〇〇年）
『水の家系』（南風プレス、二〇〇二年）
『その日と分かっていたら――フクシマのまほちゃん』（七月堂、二〇一一年）

紀行文学

『女ひとり漂泊のインド――恵みの岸辺ヴァーラーナスィー』（彩流社、一九九九年）

文芸評論

『女のいない死の楽園――供犠の身体・三島由紀夫』（パンドラカンパニー、一九九七年、第一回女性文化賞受賞）
『語り得ぬもの――村上春樹の女性《レズビアン》表象』（御茶の水書房、二〇〇九年）
『はじめて学ぶ日本女性文学史　近現代編』（共著、ミネルヴァ書房、二〇〇五年）ほか

現住所　〒二五二―〇三二三　相模原市南区相武台団地二―八―一―二一

空《そら》の水没《すいぼつ》

著者
渡辺《わたなべ》みえこ
発行者
小田久郎
発行所
株式会社思潮社
〒一六二―〇八四二 東京都新宿区市谷砂土原町三―十五
電話〇三(三二六七)八一五三(営業)・八一四一(編集)
FAX〇三(三二六七)八一四二
印刷所
三報社印刷株式会社
製本所
誠製本株式会社
発行日
二〇一三年十一月三十日